不要討厭我嘛！

王力芹 著

目次

一隻叫討厭的狗

討厭是一隻狗。

沒錯，這隻狗的名字叫討厭。

討厭是莎莎的阿銓表哥家養了多年的狗，牠的品種是日本土狗，身上長滿灰黑色的短毛，外型和台灣土狗沒什麼兩樣，只不過阿銓家的討厭這一向不必煩惱抓賊任務，因此長得胖了點。

說起討厭開始準備要認識莎莎的時候，已經在阿銓家待了五年，早已是阿銓家的一份子了。

討厭很聰明，圓圓大大的眼珠子，經常骨碌碌的轉著。牠隨時盯著巷頭巷尾屋前屋後，擔負起牠看家的重責大任。討厭也很機伶，分得清楚哪些人是阿銓家的親朋好友，哪些不是。每當阿銓家的親朋好友來了，討厭就會亦步亦趨的，跟著客人腳邊嗅嗅。好像是說：「好，我認識你，你通過檢查，可以進去了。」

如果是更熟悉的，像是莎莎一家人，或是隔壁鄰居，討厭通常只是遠遠看著。那樣子，就好像這些人都領有通行證，免除檢查通關的必要了。

但如果是不認識的人，誤闖進阿銓家的巷子；或是第一次來拜訪阿銓家的朋友，很會認人的討厭，對於不曾見過面的「生人」，一定是大老遠就狂吠不停。

「汪汪汪。」通常和從屋裡傳出的「討厭，討厭。」混雜一起，直到阿銓一家人從屋內出來探探

究竟。

「喔，是×××啊，好了，討厭，不許叫了。」討厭只要看到主人和來人閒話起家常，牠就知道這是主人家的朋友，也才會停止對陌生人的安全檢查。

可是如果阿銓一家探了頭後，是皺著眉直著眼睛不說話的看，討厭自然明白那是真正的「陌生人」，也就不對他客氣，繼續不斷的對那人吠，直到陌生人怕了，轉身離開，討厭這才大大喘一口氣，暫時解除警備。

除了這些特殊狀況，討厭大多數時候是安靜的，安靜到會讓人家忘記牠的存在，連阿銓一家人有時也會突然想起大半天沒聽見討厭的聲音，才慌張的找著討厭。

「討厭，討厭，你在哪裡？」

「討厭，討厭……」

通常討厭聽到主人找牠的訊號，牠一定立刻放

下「手」邊的工作，用最快速度跑到主人面前「報到」，哪怕是牠正在解決「排泄」的大事，也會盡快完成。

這麼安靜的討厭卻是容易引起騷動。情形是這樣的，當家裡來了客人，喜歡有伴的討厭也喜歡去湊熱鬧，只要跟在人後隨著進到屋子裡，就能在熱鬧中「身歷其境」了。看著看著，聽著聽著，討厭也會「不甘寂寞」想插上一「腳」的悄悄靠近客人身邊，客人常常因此被牠驚嚇到呢！

「唉唷，嚇我一跳。」

「討厭，沒禮貌。」

其實討厭只是想要有人和牠玩一玩，可是阿銓媽媽要幫忙看店，阿銓的哥哥上國中功課又多又忙，忙得沒空理討厭，而阿銓雖然才小學四年級，可是他也很忙，忙著和堂兄弟姊妹玩耍。他們都只是偶爾想到時逗逗討厭，再來就是給討厭吃飯時，才會出聲喊一

下：「討厭，來吃飯囉。」

其他時候，阿銓一家人各忙各的誰也不理會討厭，討厭真是寂寞極了。

所以客人來的時候，牠總會喜歡在旁邊湊熱鬧。

不要討厭我嘛！ 14

我才不討厭啦！

在阿銓家待了好些年，每天老是聽見大家「討厭、討厭」的喊著，討厭其實真想大聲對大家說：「我才不討厭呢！」

可是問題出在討厭是一隻狗，牠「汪汪」兩聲，沒人知道牠在抗議。

有時阿銓會罵牠兩句，「討厭你發神經了嗎？沒事汪汪叫個不停。」

換作阿凱哥哥就會這樣說，「討厭，別汪了，在該汪的時候才汪，ＯＫ？」

討厭實在搞不懂他們兄弟，牠就是有事要說才要汪這兩聲，難道這不是該汪的時候嗎？

說實話，討厭是滿喜歡阿銓這一家人，他們一家四口都很愛牠，不會虐待牠，要說有什麼遺憾嘛！那就是給牠取了「討厭」這個討厭的名字。

家有家規、國有國法，阿銓家也有家規，討厭早就摸清楚了。

比如阿銓媽媽不喜歡到處亂尿尿的小狗，早在討厭一到他們家來的那天開始，她就很費心的教討厭「上廁所」這件大事。

「討厭，尿尿要到這裡來，知不知道？」

「討厭，跟你講幾次了，尿尿要去廁所，懂嗎？」

「討厭，別到處亂尿，家裡好臭！」

「討厭，你很不聽話呢，再亂尿尿就要關禁閉呵！」

那一段慘絕「人」寰的日子，簡直要了牠的「小」狗命，牠也是千百個不願意在屋子到處留下「尿」蹤，那不符合自己的優雅要求。可是每次一尿急，牠的直接反應就是就地撒尿，以前牠媽媽從來也沒告訴牠這樣不好，突然之間要牠改變作風，得給牠多一點時間適應嘛！

「怎麼那麼急呀？」阿銓媽媽老是「耳提面

命」。討厭有一度差點以為自己患了尿失禁，總是憋不到廁所就「泄洪」了。

還好阿凱哥哥不厭其煩的陪牠一練再練，慢慢才有了改善，後來連「上大號痾臭臭」這件事，討厭也會在有便意時直奔廁所，而且還會解在蹲式馬桶裡。討厭只是不會拿衛生紙擦屁股，和拉水箱繩沖水。

討厭會「蹲馬桶」，阿銓媽媽還是經過一番轉折才知道的。

有一次，阿銓媽媽進廁所，才關上門就又衝出來，大聲罵：「說，你們誰這麼沒衛生，大了便不沖水。」

店裡包含阿銓爸爸、僱員和客人，個個面面相覷，並紛紛搖頭。

「又沒有人進廁所。」阿銓爸爸說。

「沒人去廁所，那馬桶裡怎會有大便？」

「妳有沒有看錯？」

「我總不會把香腸看成大便吧！」

「難說呵！」

然後阿銓爸爸起身去探個究竟，「那你就順手沖一下嘛！」說完順手拉了水箱繩子。

「這不是順不順手的問題，是個人的衛生習慣要養好。不能大了不沖啊！」

討厭在聽到阿銓媽媽那一聲驚叫後，第一時間衝進屋裡，也要加入討論行列。牠想勇敢的承擔，可是

阿銓媽媽只顧與師問罪，完全忽略了討厭在她腳邊鑽來鑽去傳達的訊息。

該怎麼說呢？討厭歪著頭想著怎麼「表達」比較理想。

如果能夠，牠也想跳上去拉那條水箱的繩子，應該滿好玩的，可是一不小心跌進馬桶，那可就……

「討厭，跟你無關，你別這裡礙手礙腳的。」

奇怪了，那是我解出來的黃金，怎麼會跟我無關？討厭鑽過阿銓媽媽的腳，跑進廁所裡。

「討厭，你出去，你別在這裡湊熱鬧！」討厭仰起頭「嘿嘿嘿」喘著，急於澄清自己不是湊熱鬧。

唉，真讓討厭泄氣，牠搶著要自首，竟然沒人要受理。

「那如果是討厭痾的呢？牠怎麼沖馬桶？」阿銓爸爸突然這麼說，讓精神快要萎靡的討厭頓時又像注入一劑活力，很快又抖擻起來。

「會是討厭嗎？」

是啦，是啦，兇手就是我啦！討厭起勁的搖尾巴。

可是阿銓媽媽還是用狐疑的眼神看著討厭，「討厭，是你嗎？」

「嘿嘿！沒錯，是我啦！我可是會蹲廁所的呢！」

「可能真是討厭，你看牠嘿嘿嘿個不停」阿銓爸爸比較具慧眼。

「討厭，下次上大號記得喊我一聲，我好確認一下。」

什麼？我……是女生呢，我上廁所還得找你來參觀，多不好意思！阿凱哥哥的書上有一句叫……「非禮勿視」，難道你不懂嗎？

討厭歪著頭這麼想著。

討厭是小狗四九

很多人都看過《梁山伯與祝英台》，知道梁山伯有個書僮叫四九。對「討厭」來講，讀小四的阿銓就是牠的梁山伯。

梁山伯善待他家書僮，四九善盡忠僕本份的情節，在阿銓和討厭身上，跳脫傳統框架，趣味多了。

阿銓對待討厭，好到沒話說。有時還會偷偷拿隻媽媽剛滷好的雞腿「照顧」討厭，這些恩情，討厭是「點滴」在心頭哇！

鎮上老人常說的「吃果子拜樹頭」，討厭早就耳熟能詳，甚至還「身體力行」，以實際行動為阿銓「效犬馬之勞」。

討厭怎麼回報呢？

一大早，媽媽如果叫不醒阿銓，討厭的全自動鬧鈴便會響起，牠在阿銓房門口「嗚嗚嗚」的越嗚越高昂，阿銓不得不起床。

「討厭，你很煩呢！」阿銓揉著惺忪睡眼，走進浴室準備漱洗。

好心叫你起床還被你嫌，真是「狗咬呂洞賓不識好人心」！

不過使命達成，討厭也就放下心裡的石頭，輕鬆了。但還是得在阿銓後面盯著，不然要是讓他再閉上眼皮，阿銓這小可愛是有可能坐在馬桶上睡覺喲。

「討厭，我不會在馬桶上睡，放心啦！」

討厭舌頭吐得老長，一副心事被看穿似的轉身就要出浴室。頭一甩，想到阿銓媽媽付予牠「叫醒」阿銓的重任，還是盡忠職守，亦步亦趨的好。

討厭嘿嘿兩聲回頭又「監督」起阿銓，阿銓不高興開口訓牠，「討厭，我快來不及了，你不要在這裡妨礙我啦！」

妨礙？不會吧？我又沒擠在洗臉槽刷牙洗臉，討厭微仰四十五度角，很用力的想。

「怕來不及怎麼不早點起來？」媽媽邊弄早餐邊

說：「還好是討厭叫你，不然你等著遲到吧？」

對嘛，沒跟我道謝還這樣，有阿銓媽媽為牠撐腰，討厭把頭抬得老高，趾高氣揚，不可一世。不過因為阿銓是牠的小主人，討厭一點也不在意，很快牠又垂下頸子，猛力嗅著阿銓的腳，彷彿催他動作快些好上學去。

討厭最喜歡陪阿銓上下學。

在阿銓三年級時，討厭開始喜歡上背書包這件事。

是的，討厭背書包。這事真要感謝阿銓的小小偷懶，喔，不，應該說是阿銓的大方分享。討厭的第一次，永遠在牠的記憶裡。

那天是阿銓受傷休養後第一天回學校上課，放學回到家，一進門，阿銓拿下斜掛在肩膀的書包，嘴裡還嚷著：「好累喔！」

爸爸媽媽還來不及回應，阿銓快手快腳的把書包往討厭脖子一扣，說：「討厭，幫我把書包背去房間。」

討厭莫名其妙，部分原因是事出突然，牠差點被那只書包拽倒。

幸好討厭長得夠壯碩，靠著四條腿牢牢抓住地板，才不致因為脖子掛了書包，重心不穩而前腿下跪。等討厭回過神來，才發現書包在自己身上是件神氣的事，感覺自己多了些「文化」。只是書包帶子太長，整個書包攤在地上，牠寸步難行。

「是你讀書還是討厭讀書？」爸爸念了阿銓一句。

「呵呵呵……背了書包的討厭有氣質喔！」媽媽覺得有趣，但也看出討厭的困擾，「書包背帶太長，討厭不好走路，要調短一點。」

阿銓手腳俐落，立刻調到適合長度。

現在，討厭頸上的書包離地還有五公分，牠動作靈活的背著書包滿屋子繞圈圈，真像牠就是讀書的那個人。

從此討厭熱愛幫阿銓背書包，不論是上學或放學，許多人看見了都會說阿銓有個小書僮。當主人的阿銓聽了樂陶陶，自覺就如梁山伯那樣有個小四九。

「討厭，走了，背書包上學去。」

討厭早等在阿銓身邊聽候使喚，只是每當阿銓問道：「討厭，我聯絡簿簽了沒？作業寫完沒？」討厭就感覺頭痛，可別哪天阿銓跟牠說，「討厭，你幫我寫回家功課。」討厭還真不知道自己該舉哪兩隻腳投降呢！

不要討厭我嘛！ 38

誰在打鼾？

不論是人還是狗，到了該睡覺的時候，自然是眼睛一閉就夢周公去了。當然如果睡覺的床鋪夠柔軟，棉被夠暖和，那鐵定就算不是春天，也會唱起「春眠不覺曉」！

討厭打從來到阿銓家，從來也不敢妄想跳上阿銓媽媽的席夢思床，或是阿銓和阿凱兩兄弟的硬木板床去「ㄛㄛ睏」。

套一句台灣俗話，自己幾兩重得先掂掂。分寸，討厭一向是拿捏得恰到好處，增一分太過，減一分不足，總之就是不逾矩。

更何況人家不是說過？金窩銀窩不如自己的狗窩。

沒錯，討厭最愛的就是阿銓一家幫牠準備的那個「狗窩」。有牆有屋頂，還有個沒門扇的門（出入口），裡頭是冬暖夏涼，夏天席地睡覺，地板涼絲絲恰到好處，冬天時阿銓媽媽會為討厭鋪上一小床被，賴在上頭暖得真不想起來。

阿銓兩兄弟要是想甩開討厭，只要說「討厭，回你的窩去。」

討厭可喜歡的呢！

就是這般舒適的住處慣壞了討厭，要讓牠睡熟了，全身雷達紛紛解下，就別指望牠留意異狀了。更誇張的是，一旦討厭睡得深沉，不知不覺便打起鼾來了，那鼾聲之響，穿透兩面牆，直直撞進阿銓媽媽耳裡。

第一回聽到忽大忽小規律的鼾聲，可把阿銓媽媽給嚇壞了。

「什麼聲音？你聽。」屋裡只有她和阿銓爸爸，爸爸忙把耳朵拉長仔細聽。

「呼——呼——」，怪聲有點低沉但還挺規律。

「呃？」阿銓爸爸很認真在分析，「這個聲音……好像……」

「有喔？你有聽到喔？」有人同感，阿銓媽媽頓時安穩一些，接著她想要找出聲音來源，「好像是從那個方向傳來的。」阿銓媽媽指著屋子內側。

「嗯，對喔，是裡面傳出來的。」爸爸一聽也確認了方向。

阿銓爸媽討論的時候，一陣陣濃濁「呼——呼——」還是不絕於耳，就這一剎那，他們兩人似乎都聽出那是打鼾聲。

但這屋裡……

兩人面面相覷了一會兒，彼此的眼神都透露相同疑問，「是誰在打鼾？」

阿銓媽媽全身汗毛幾乎都要豎起了，誰闖進屋裡，還安穩睡著他的大頭覺？這時偏偏沒見到討厭盡忠職守，難不成討厭被怎樣了？

阿銓媽媽眼神裡的疑問越來越多，爸爸雖也存疑，但他更想釐清這一切。爸爸起身走向屋後，媽媽則是想或許出個聲喊喊討厭，只要討厭沒事，牠一定會應聲出來的。

「呵呵……」

「討厭……」

爸爸的笑聲比媽媽的喊聲早一秒發出，在自己窩裡睡得正香的討厭，被這個二重奏給吵醒，勉強睜著朦朧睡眼，滿嘴邊是自己的口水，口水沿著嘴角往下滴垂。二愣子似的討厭，從狗窩裡伸出頭，仰臉看著推開屋後紗門的爸爸，一雙眼都快打結了，牠還是不明白，阿銓爸爸笑什麼？媽媽又幹什麼喊牠喊得那麼急？

「你笑什麼？」趕來的媽媽不解的問爸爸。

「呵呵……剛剛那是討厭在打鼾啦！」

「什麼？討厭會打鼾？」媽媽盯著討厭看個不停，好像她從來不認識討厭似的。

正睡著好覺，無端被主人給吵醒，現在竟然還安給了牠一個「打鼾」罪名，不但如此，女主人還盯著牠看，簡直要把牠看穿一樣。

討厭無可奈何的步出牠的「狗窩」，眼睛瞇成一條線，伸長舌頭「嘿嘿嘿」，牠想告訴主人的是，嘿嘿牠是會的，至於打鼾？可別隨便栽贓給我。

名叫莎莎的小女孩

莎莎的媽媽是阿銓媽媽最小的妹妹，她們姊妹的感情很好。放假的時候，莎莎的爸爸媽媽常去阿銓家，所以自從莎莎在她媽媽肚子裡時，討厭從阿銓媽媽和莎莎媽媽的對話裡面就知道，以後會有個可愛的娃娃來玩囉。

後來莎莎媽媽的肚子慢慢大了起來，每一次去阿銓家，討厭都會跟前跟後的，像是在保護莎莎媽媽一樣。莎莎媽媽還跟阿銓媽媽說過：「你們家的討厭真

可愛，都默默跟在旁邊，好像當保鏢喔！」

討厭聽到人家讚美牠，尾巴就翹起來，耳朵也豎起來了。

阿銓媽媽說：「討厭很聰明，牠知道妳肚子裡有寶寶，牠要保護妳，保護寶寶。」

「討厭，小娃娃生下來以後，你就可以和小娃娃玩了。」莎莎媽媽這樣對討厭說的時候，討厭高興得繞著莎莎媽媽的腳邊轉個不停，就像興奮的小孩一樣。

「好了，好了。討厭，別再轉了，我知道你高興。」莎莎媽媽如果沒有這麼說，討厭恐怕還會繼續轉吧！因為牠實在太高興了，就快要有一個小娃娃和牠玩了，牠要開始傷腦筋了，要好好想想怎麼和小娃娃玩。

討厭一天等過一天，每次莎莎媽媽來玩的時候，牠就發現莎莎媽媽肚子比前一次又大一點了，討厭因此一天比一天快樂。

莎莎媽媽終於生下小娃娃了。

小娃娃是個小女孩，有一雙大大的眼睛，模樣可愛極了。莎莎媽媽和爸爸給小娃娃取名叫做莎莎。

莎莎生下來後，他們一家人還是常常到阿銓家來玩。

莎莎第一次到阿銓家的時候，是被莎莎媽媽抱在手上。討厭看到好久沒來的莎莎媽媽不一樣了，她的肚子變平了，臂彎裡躺個小東西，討厭聽大人們的說話，就知道莎莎媽媽臂彎裡的小東西就是要和牠一起玩的小娃娃，牠好興奮，一直往前鑽去，想好好看看小娃娃。

小小的莎莎裹在一條粉紅色的大毛巾裡，討厭什麼都看不到，就一直踮腳往上跳躍，牠想看一看小娃娃，牠想和小娃娃玩。

「討厭，去旁邊，小娃娃要喝奶。」阿銓媽媽驅趕討厭。

討厭悻悻然，無精打采的蜷縮在門邊。莎莎媽媽不是說小娃娃生下來就可以和她玩？

討厭偶爾豎起耳朵，很專心要聽聽大人在說些什麼？大人們說了很多，都是關於是小娃娃的事，很奇怪，討厭都沒聽到，大人說到關於牠和小娃娃玩耍的事。他們到底什麼時候才會談到？

討厭找到機會就抬起眼睛，仰頭往上想看一眼莎莎媽媽懷裡的娃娃，但總是只看到一團粉紅色的毛巾布包，其他什麼也沒看到了。

討厭很有耐心，一回等過一回，牠一直沒有機會好好看看小娃娃，但是牠不氣餒，牠還是在等待好時機。

有一次，莎莎喝完牛奶睡著了，莎莎媽媽沒把莎莎抱進阿銓媽媽房間的大床，莎莎媽媽隨手把莎莎放

在沙發椅上，再蓋上一條小被子讓她睡覺，然後莎莎媽媽就上洗手間去了。

這真是個大好時機。

莎莎媽媽前腳剛踏進洗手間，討厭馬上跟著站起來，咧嘴喘氣的興奮樣子，簡直和「如獲至寶」沒兩樣。

可不是嗎？終於有機會可以好好看看小娃娃，對討厭來說睡得正香甜的娃娃真是寶貝啊！

小娃娃閉著眼睛在睡覺，她睡得好甜好香，小小的嘴巴流出一點點白白的牛奶，紅紅圓圓的小臉蛋真是可愛。討厭來來回回輕輕嗅著，牠聞到小娃娃身上的香氣，牠伸著長長的舌頭，真想舔小娃娃一下，只要一下下就好！

討厭靠著沙發越靠越近，舌頭準備向前伸去，就在那一點點猶豫不決的時候，莎莎媽媽已經上完洗手間。討厭心一虛，緊挨著沙發趴了下去，舌頭無力的貼在前腳上。莎莎媽媽一踏出洗手間就看見靠在沙發旁的討厭，頭稍微仰起來，睜著圓圓的眼睛望著莎莎看，看得很入神。

莎莎媽媽摸摸討厭的頭微笑說道：「討厭，你要做什麼？想看娃娃啊？娃娃在睡覺，不能吵她唷！」

聽了莎莎媽媽的話，討厭馬上從地上站立起來，睜著骨碌碌的眼珠子，大方但安靜的盯著莎莎看個不停，好像跟莎莎媽媽說：「我會照顧娃娃，我不會吵娃娃！」

其實，討厭是盼著莎莎趕快醒來，牠要和小娃娃玩玩，牠該給小娃娃什麼見面禮呢？舔她一下嗎？

「噢，莎莎醒了呀！」莎莎媽媽的話像一針興奮劑，討厭立刻從地上彈跳起來，牠看見小娃娃有一雙清澈靈活的大眼睛，正溜轉看著牠呢！

討厭的心臟怦怦跳著，小娃娃看著牠笑了，討厭好滿足喔！

莎莎睡醒後，莎莎媽媽把莎莎抱在胸前，莎莎的背靠在她媽媽身上，用瞇瞇笑的眼睛望著討厭，兩隻小手在空中抓著。

小娃娃要抓什麼？是我嗎？討厭不作他想就往前靠去，可是莎莎媽媽卻把小娃娃往裡面移去。

這是做什麼？沒禮貌喔！人跟人見面都要打招呼，不是嗎？

喔，我不是人，不過人跟「狗」初次見面也要問個好才有教養嘛！討厭又無趣的俯臥下來。

討厭心裡正嘀咕的時候，莎莎媽媽抱著莎莎又坐正，並且握著莎莎的小手，指著趴在地上的討厭，幫他們做介紹：「莎莎，這是討厭。討厭喔！妳長大一點，討厭會陪妳玩喔！」莎莎媽媽接著又對討厭說：「討厭，這是莎莎。以後，你們是好朋友喔！」

討厭推翻剛剛自己的評論，另外再下一個結語，我就知道，莎莎媽媽一定會把莎莎教養成一個有禮貌的小孩。

當討厭聽到莎莎媽媽說，以後牠和莎莎是好朋友，高興得一骨碌的從地上站起來，晃著長長尾巴，一直想嗅一嗅跨在媽媽膝蓋上，莎莎可愛的小腳丫。

這時，剛從房間出來的阿銓媽媽在旁邊也補了一句：「討厭，莎莎是妹妹，要幫忙照顧莎莎，不可以欺負她喔！」

討厭轉頭看看阿銓媽媽，很快又轉回去看莎莎，牠搖著尾巴，咧著嘴，高興得口水都快滴下來。

莎莎是妹妹，莎莎是好朋友，要照顧她，不能欺負她唷！這些話牠會一輩子記住的。

莎莎一天天長大，有時去阿銓哥哥家時，爸爸媽媽把她抱在手上，她會伸手要摸討厭。爸爸和媽媽都擔心莎莎用抓過了討厭的手，又去抹自己的臉，或是放進自己的嘴巴裡。所以這種時候，爸爸和媽媽都會把莎莎的小手緊緊抓住，並且大聲喝斥討厭：「討厭，走開，到外面去。」

要不然，爸爸媽媽就是把莎莎抱得高高的，將她和討厭隔離，然後一邊叮嚀討厭：「討厭，不可以過來。」

討厭眼睛上的皮全皺在一起，好像人們皺著眉頭一樣，一雙眼垂成八字，那樣子沮喪極了。討厭完全搞不懂，媽媽和爸爸為什麼要把莎莎抱得高高的，牠不是「壞人」，牠是阿銓家的「家人」。

討厭更不懂的是，莎莎明明想要跟牠玩，幾個大人怎麼都沒注意到，莎莎不是都咧嘴對牠笑，難道他們都沒看到嗎？

莎莎的媽媽不是說過，牠和莎莎是好朋友？

那……怎麼是這樣的？

莎莎和討厭

莎莎開始要學走路時，大人就讓她坐在螃蟹車裡，滿屋子到處逛。如果逛到討厭旁邊，莎莎一伸手就抓住討厭脖子上的短毛，並且抓得緊緊的，每當大人把莎莎的螃蟹車拉走時，莎莎手上都順便抓了一撮討厭的毛。討厭其實痛得眼淚都快流出來，可是討厭記得阿銓媽媽說過莎莎是妹妹，還交代過要照顧她，所以牠咬緊牙關忍著痛不出聲不反抗，任由莎莎從牠身上抓下一撮毛。

毛沒了會再長，就算禿了也沒關係，只要莎莎高與就好。

有時候大人談話談得忘記，莎莎早就滑著螃蟹車又和討厭玩在一起了。莎莎兩隻粉嫩嫩小手抓著討厭兩隻耳朵，有時沒抓穩討厭一甩就滑出莎莎小手掌，有時莎莎可是死命抓住，討厭多少會擔心兩隻耳朵被莎莎扯下來，可是看到莎莎嘻嘻笑著，討厭也就跟著開心的不停嘿嘿。

討厭知道莎莎喜歡笑，牠就猛扮鬼臉逗莎莎，一會兒皺著鼻子動來動去，一會兒甩甩耳朵搖搖尾巴，一會兒又是伸長舌頭左右晃，莎莎笑得咯咯咯，有時忍不住還會在螃蟹車裡學著討厭左右晃動。

笑得太激烈了，莎莎頭一仰，抓著討厭的手，跟著就鬆掉，然後莎莎會警覺到討厭會不會就跑走，趕緊坐好又伸手再抓一次，討厭也很配合的往前傾，讓莎莎立刻就可以「掌握」住牠。

莎莎和討厭通常一玩就玩得不亦樂乎，等她抓過癮後放開了手，討厭還會伸出舌頭舔舔莎莎的小手，牠要幫莎莎把小手上牠的毛舔掉，就像大人把她抱去洗手那樣。有時莎莎和討厭玩得忘我了，討厭還會舔舔莎莎紅紅嫩嫩的小臉蛋，就像她爸爸媽媽親她那樣。

等到大人突然回過神看到這一幕時，立刻陷入一陣兵慌馬亂之中。

「唉唷，莎莎，妳怎麼和討厭玩成這樣？」

「嘖嘖嘖，討厭啊，你……」

阿銓媽媽更是對莎莎爸媽感到歉疚，她責備著討厭：「討厭，你在做什麼？」

做什麼？沒看懂嗎？我在「親」莎莎啊！討厭還陶醉在那份甜美之中，絲毫不知風暴將要來臨。

在這個同時，室內乒乒乓乓動作起來，就是在這陣驚慌當中，幾個大人手忙腳亂的，又是抱走莎莎，又是驅趕討厭的，大家忙成一團。

「討厭，你這樣很討厭呢！」莎莎媽媽這樣說，討厭兩眼擠成一團，對莎莎媽媽說的話感到莫名其妙，牠本來就叫「討厭」，幹什麼又說牠「很討厭」？

不明白，這哲學太深了，還不是討厭這隻日本土狗一時半刻就能弄懂的。

另一頭是莎莎爸爸趕緊把莎莎連人帶螃蟹車一起

抬離討厭，媽媽一邊抓住莎莎的小手，免得她放進嘴裡，然後十萬火急的把莎莎抱去浴室洗手洗臉，媽媽一邊還唸著：「莎莎，討厭是狗狗，髒髒。」

莎莎被連車帶人抱離開討厭的時候，就「咿——咿——咿」的喊個不停，她還想跟討厭玩啊！而討厭也捨不得離開莎莎，可是卻莫名其妙硬生生被拆散，牠回頭頂著紗門，牠想告訴阿銓爸媽，牠是在照顧莎莎呀！

為什麼大人那麼奇怪，平常抱著莎莎會和牠玩，可是當他們在談「正事」，牠幫著陪伴莎莎，卻又妨礙了他們似的，轉眼間看到牠和莎莎玩得高興，也不問問牠的感受，就把莎莎抱走。

不過，接下來阿銓媽媽說的這句討厭就聽懂了。

「討厭，不能舔莎莎，知道嗎？去，去，去，去外面。」

「沒人叫你不能進來，知道嗎？」阿銓爸爸加上這一句。

討厭很委屈，垂著一顆頭幾乎掃到地，拖著的尾巴就像拖把拖地一般，然後還流連著不想出去。

直到阿銓爸媽吼聲再起，「討厭，你是沒聽懂嗎？出去外面。」

討厭這才夾著尾巴一聲不響的推了紗門出去。

可是討厭還是關心莎莎，雖然出去外面但牠馬上回頭依在紗門向裡看。

剛剛阿銓媽媽罵「人」了。

她為什麼說我不能舔莎莎？那為什麼莎莎的爸爸媽媽可以親莎莎？為什麼莎莎媽媽嫌我髒？討厭呆呆立在紗門外，滿臉委屈，唉，真是心事誰人知啊？

「討厭，不可以舔莎莎，知道嗎？」阿銓媽媽走到紗門邊對著一扇紗門外的討厭再訓一次。

討厭不高興了扭著頭轉身就要離開，阿銓媽媽又說了：「你不懂嗎？莎莎是小娃娃，你是狗狗。」

狗狗有什麼不對？我媽告訴過我，我們要以身為一條狗為榮，而且和我玩的莎莎高興得很，她也沒嫌棄我，我又為什麼要「妄自菲薄」？討厭不以為然的再轉回頭來看著阿銓媽媽。

是妳自己說要照顧妹妹的，而且莎莎媽媽也說，莎莎和我是好朋友，為什麼好朋友不能一起玩？你們「大人」真奇怪？討厭歪著頭看阿銓媽媽，恨不得她聽得懂牠說的這些「狗」話。

雖然幾個大人總是非常小心防犯類似事件再度發生，但是百密總有一疏。每當莎莎媽媽和阿銓媽媽不注意時，莎莎還是會和討厭玩在一起。討厭最喜歡這種時候了，莎莎真的是牠的好朋友，莎莎都不會說牠是狗狗，髒髒。

討厭很感激莎莎這麼看重他們之間的「友情」，那麼以後牠就算是為莎莎「兩肋插刀」也會在所不辭囉。

日子一天天過去，討厭心裡很清楚，牠和莎莎都有一種「默契」，他們都會很有技巧的避開大人，然後玩得開開心心。

慢慢的，莎莎會走路，也開始學說一些話了。

阿銓哥哥會教莎莎喊「討——厭——」

莎莎總是叫得含糊不清，但是那又怎樣？討厭就是聽得懂牠的「麻吉」的叫法，牠一點都不介意莎

莎喊牠名字的聲調，像鄰居老人家說的「狗去踩到熱粥」。只要是出自莎莎的口中，牠完全不挑剔。

莎莎如果「襖——葉，襖——葉」的叫著，阿銓哥哥會糾正她，「莎莎，是『討厭』，說清楚。」

「襖——葉。」莎莎很聽話又說了一遍。

「不對不對，是『討厭』，來，再叫一次。」

「襖——葉。」莎莎的叫法還是一樣。

「噢，莎莎，妳的發音真的很差呢！」

「……」

討厭已經看不下去了，管它是「襖葉」還是「討厭」都沒關係，重要的是莎莎知道她喊的是牠這條「狗」，牠就心滿意足了，阿銓哥哥又何必強莎莎所難呢？討厭故意去撞阿銓，阿銓推開討厭，「討厭，你幹什麼？我在教莎莎叫你的名字呢！」

「唔唔。」

有什麼了不起？教莎莎喊我的名字？就算你不

教，有一天莎莎也會，再說莎莎根本不需要喊我名字，我就知道她什麼時候要找我玩，人家我們是「心有靈犀一點通」啦，你要怎樣？

討厭還是想把阿銓趕走，牠不願意莎莎受罪。雖然莎莎喊得不清楚，但是討厭知道莎莎就是在喊牠，牠也會很快的跑到莎莎身邊，這樣就夠了嘛。

「好啦好啦，不教了，真煩，一個是口齒不清，一個干擾份子，懶得理你們了。」阿銓拍拍屁股，頭也不回的走了。

哇塞，太好了，阿銓終於走了，莎莎高興怎麼叫我就怎麼叫吧！討厭心裡正歡喜著，莎莎也扯開喉嚨大喊著，「襖——葉，襖——葉。」

真像久別重逢般的喊個盡興，討厭舔著莎莎摸牠的小手，嘿嘿笑著。

熱情的討厭

有一個假日，莎莎一家人又來阿銓家，討厭早已認得莎莎他們家銀色的車子，還遠遠的討厭就已經起立，以雄赳赳氣昂昂的姿態歡迎莎莎一家光臨。莎莎爸爸的車子剛剛停好，莎莎媽媽開了車門，莎莎搶著要先下車，討厭一看到莎莎從她爸爸車裡下來，就迫不及待的衝過去。

討厭沒拿捏好跑步速度，幸好是莎莎的媽媽扶得快，不然莎莎就會被討厭撞倒了。

「喔喔，討厭，你這麼興奮啊？」莎莎媽媽說。

真不好意思，讓莎莎媽媽瞧見了自己「猴急」樣子，討厭小尷尬了一下，垂下頭晃兩下又抬起頭來。

那一幕當然也被剛剛推門出來的阿銓媽媽看見了，阿銓媽媽鄭重警告討厭：「莎莎才剛剛學會走路，你跑那麼快，會把莎莎撞倒，很危險的，下次要小心，知道嗎？」

討厭點了點頭，表示牠記住了，跑太快會把莎莎撞倒的，下次真的要小心。

那天下午討厭和莎莎玩得太快樂，已經玩昏頭了，討厭想逗莎莎，牠用長嘴去推莎莎，誰知牠一推，竟把蹲在地上的莎莎給推倒了。

討厭看到莎莎摔倒，心裡又著急又不捨，怎麼辦？又沒大人在旁邊，討厭轉了兩圈後決定自力救濟，牠想靠牠自己也能把莎莎扶起來。討厭又回到在莎莎身旁，近距離俯身想用牠的長嘴把莎莎頂起來。

但是莎莎打從跌倒後發出呼天搶地的哭聲，也已經把大人引了過來。

「嗄？怎麼是這樣？」眼前的景象讓莎莎媽媽不解，不過第一要務是先抱起仰躺在地上哭的莎莎，邊動作她嘴裡邊說著：「惜惜，莎莎乖，討厭不乖。」

「哇哇……」

「好，妳乖，惜惜妳。」

另一邊，阿銓媽媽也看見正想用牠的嘴頂住莎莎的討厭，便開始訓話了：

「討厭，你該修理，怎麼可以把莎莎推倒呢？」

「……」討厭自己知道犯錯，頭垂得低低的讓阿銓媽媽罵，可是牠仍然想看看莎莎怎麼了。討厭把頭歪向一邊，用右眼偷偷瞄一下旁邊，阿銓媽媽看了更火。

「還在幹什麼？做錯事還這樣吊兒郎噹的像什麼話？」

「……」討厭趕緊把頭垂得更低，不過牠就不明白了，阿銓媽媽說的「吊兒郎噹」是什麼？好像聽過，可是不太清楚這意思。

這時莎莎的媽媽抱起莎莎，拍拍莎莎身上的沙土，抹去莎莎臉上的淚水，抱著她就在屋外的水龍頭下洗手，莎莎停止哭泣了。

「討厭，你看看你……」阿銓媽媽還想再訓。

洗過手後的莎莎，被媽媽抱著但是她的眼睛是看向討厭，莎莎媽媽對著討厭又說了一次「莎莎乖，討厭不乖。」

莎莎已經忘記剛才跌倒的事，不停扭著身體要掙脫媽媽的懷抱，莎莎還想跟討厭玩。討厭心裡又充滿著快樂了，牠就知道莎莎一定會「大人不記小人過」，她「大人大量」，才不會跟牠這隻「小狗」計較呢！

只可惜莎莎媽媽把莎莎抱得更緊，並且下了一道

禁令。

「莎莎乖，討厭壞壞，莎莎不要跟討厭玩囉！」

莎莎完全沒在聽媽媽說話，她還是扭動著身體，她想要到下到地上和討厭玩。就算討厭是一條狗，牠也看得出來莎莎想和牠玩，牠很高興，莎莎沒生牠的氣，牠興致勃勃的靠過去。誰知道，莎莎媽媽卻是說：「討厭，你到旁邊去，莎莎不玩了。」

討厭愣住了，仰頭看著莎莎攀出她媽媽臂膀不停揮動的小手，牠實在不明白，莎莎就是想和牠玩，而牠也想和莎莎玩，莎莎媽媽為什麼不允許呢？

討厭歪著頭想，奇怪了？我是狗都知道莎莎還想跟我玩，你們是人怎麼都看不出來？難不成你們是「人眼看狗低」？

呃？這樣說對嗎？怪怪的喔！不管這個，還是想想怎麼做可以和莎莎玩吧！

莎莎媽媽一轉身，把莎莎抱進屋裡去了。討厭只能貼在紗窗，癡癡的看著屋裡被大人逗弄笑得開懷的莎莎。

討厭除了看傻了，牠還有一些些失落，為什麼莎莎進了屋裡被大人一逗就忘記牠了，牠還在紗門外「癡癡的等」呢！

討厭不敢叫，因為阿銓爸媽都很慎重其事的交代過，「對家裡的人不可以亂叫。」

可是討厭真的很想發出聲音叫莎莎，但是牠真的不能「不經大腦」隨意就叫。討厭想到媽媽在牠小時候也教過牠，「做為一隻狗，要讓人看得起，要讓人器重你，你就要做到『三忠』，忠實、忠誠、忠厚，你的主人說的話都得聽，別自傲，別太自以為是，別一、意、孤、行。」

討厭還記得媽媽最後那句「別一意孤行」，是很加重語氣的。

所以這時討厭就算再怎麼想莎莎，也只能「三

緘其口」的在門口徘徊流連，牠等著，等著適當的機會，牠要讓莎莎知道牠是這麼這麼的喜歡她。

對，討厭好像聽阿凱哥哥背過什麼「精誠所至，金石為開」的句子，討厭懂，成功是屬於堅持到底的人的。這樣一想，剛剛的委屈都煙消雲散了。

「咦？討厭，你在門口走來走去做什麼？」

星期日早上還得去補習的阿凱哥哥回來了，真好。討厭靠上前去，尾巴搖得像風吹的樹葉一樣擺動個不停。

「你高興什麼？尾巴搖得快斷了啦！」

嗄？這樣尾巴會搖斷喔？那不行的，莎莎很喜歡拉著我的尾巴像搖跳繩那樣甩，我可得幫她保存得好好的。

討厭不搖尾巴了，牠換成整個臉貼在阿凱哥哥的腿邊磨蹭，蹭得阿凱哥哥就要笑出來了。

「呵呵……討厭，你想做什麼？你說嘛！」阿凱蹲下來摸著討厭。

「唔唔……」

「什麼？」

「唔唔……」討厭這一次還撇撇嘴向屋裡瞧，心想國中生的阿凱哥哥夠聰明的，他會明白牠想進屋裡看莎莎的心思。

「唔什麼？很難猜呢！」

「唔唔……」再說一遍阿凱哥哥你總要聽懂了吧？

「說什麼？聽不懂啦！啊，我肚子餓了，要去吃飯，不理你了。」

啥？你肚子餓了想吃飯不理我，那怎麼可以，你是我等了半個早上才見到的「一線曙光」，求求你要燃燒自己，照亮我這個「別人」。

肚子早就唱空城的阿凱哥哥站起來準備要進屋裡去，討厭心一慌，跟著往前鑽緊緊貼在紗門上，因為長得有一點胖的討厭壓住紗門，阿凱哥哥因此沒辦法輕鬆拉開紗門。

「討厭，你要做什麼？」阿凱哥哥低頭覷了討厭一眼，討厭仰著頭流露出「乞求」的神情，牠只差沒說出，「你就可憐可憐我吧！」

不過討厭雖然不會說話，但是牠這個眼神也夠可憐的，而且也被阿凱哥哥讀出來，「討厭，你也想進屋裡，是不是？」

嘿嘿，我就知道阿凱哥哥最有學問，他會「讀我」。

討厭一高興馬上喘氣嘿嘿笑著，再讓開一點空間讓阿凱哥哥拉開紗門。只是在開門這一剎那，阿凱哥哥又說了一句話，討厭差點因為這句話跌倒，幸好只是「軟腳」小小踉蹌了一下。

阿凱哥哥說了什麼話，這麼讓討厭招架不住？

阿凱哥說啊，「討厭，你也肚子餓了呀？」

討厭真想回阿凱哥哥一句，「屁咧？誰跟你一樣只記掛著吃這件事。」

討厭沒來得及出聲，阿凱哥哥接著就又說起一句很有學問的話，「『民以食為天』你也懂喔？呵呵……」

說真的，什麼是「民以食為天」討厭根本不懂，媽媽沒教，而這時阿凱哥哥也沒解釋，不過既然是「讀書人」的阿凱哥哥說的，那一定是很有道理的，不妨先記下來，現在趕快過去莎莎那邊才是要緊的！

我錯了嗎？

從莎莎跌倒那次以後，莎莎一家人到阿銓家來玩，莎莎媽媽都會跟在莎莎後面。只要討厭一靠近，莎莎媽媽就出聲：「討厭，走開。」

可是討厭知道莎莎沒這個意思，因為她兩隻小手總伸出媽媽肩膀，在空中向討厭揮手，那是說著：「討厭，來來。」

討厭覺得莎莎媽媽好像有點不如牠這隻狗，牠都明白莎莎的心思，莎莎媽媽怎麼不懂咧？

只要莎莎媽媽一不留神，莎莎就會搖著鴨子般的步伐，一扭一扭的向討厭走去。如果被莎莎媽媽或其他人看到，就一定是對著討厭大喊：「討厭，去，去別的地方。」接著就有人急急忙忙抱起莎莎，嘴裡再嘟囔一句：「討厭，真是討厭呢！」

這種時候，討厭的委屈感又會跑回心裡。

討厭是我，我也真是討厭沒錯啊，可是大人在這個時候說我，為什麼就要帶著生氣的表情？

我錯了嗎？

人家別人家的狗名字都是「人模人樣」，偏偏阿銓這家把我起了這個「怪胎」名「討厭」。我這樣子會令人「討厭」嗎？討厭從玻璃窗偷偷看過自己，牠覺得牠也算得上是一隻「帥狗」啊！

真是的，什麼名字不好取，硬是叫我「討厭」，還說我「真是討厭」！

討厭算得上是一隻活潑開朗、樂觀進取的狗，不舒服的情緒不需多久，討厭就會把它們趕出心房。

牠記得上個冬天有個晚上窩在阿銓媽媽腳邊跟著看電視，電視裡的人說：「不愉快的想法不要讓它在腦子裡停留太久，要趕快轉移注意力，出去走走，和人多做交流，多去幫助一些需要被幫助的人，當你看到還有很多各種狀況都不如自己的人在努力過活，就會發現自己其實是很幸福，也就不會憂鬱了。」

討厭就是不想變成一隻有「憂鬱症」的狗，牠會跑到巷口外那個市場，看看那一群「逐市場而居」的流浪狗，有一餐沒一餐，更沒有主人天天「噓寒問暖」，真是可憐，這樣一比較，就覺得自己過得還算有點「養尊處優」，那被叫「討厭」又怎樣？又不會少一塊肉、斷一條腿，還好啦！

其實從主人讚美牠會看家這點，討厭就知道牠是有價值的狗。

呃，這個價值可不是說值多少錢的那個價值喔！這個價值啊，是在說一個「人」在自己生命過程裡的意義。

這也是那個看電視的晚上，電視裡的人說的話加強了討厭對自己的信心。

「……在幫助別人的過程中，來自被幫助的人的感謝，會對自己產生更大的自信，原來我可以做這麼多，這樣也就會知道自己是有價值的人。」

真的，做一隻有價值的狗，走起路來自然都不會垂頭喪氣。

討厭愛聽故事

莎莎慢慢走得更穩了，也學會說很多話，而且越說越清楚了。討厭看著莎莎一天天長大，越來越可愛，牠真想要整天都跟莎莎玩，最好莎莎就是牠的小妹妹。

呃？可能嗎？討厭用力甩甩耳朵，想澄清一下自己的想法。

不過傷腦筋的事不必想太多，好好享受和莎莎相處的時間就對了。

現在，只要討厭一靠近莎莎，莎莎總是說：「討厭，坐下，我說故事給你聽。」

討厭真喜歡聽莎莎說故事，莎莎的小腦袋瓜裡好像是一部故事製造機，總有說不完的故事。

莎莎說的故事不但生動而且有趣，比如她在說《先左腳再右腳》的時候，會要討厭站起來練習走路，可是當她一抓著討厭的腳時，她就頭痛了。

「討厭，你真討厭呢，人家小包爺爺只有兩隻腳，你為什麼有四隻腳？」

「……」說實話，這個問題討厭也回答不出來，誰教牠是一條狗？如果可以，討厭也想只要兩隻前腳就好，讓莎莎抓著玩得快樂，而牠那兩隻後腿也可以不必硬撐整個身體的重量，好累喔。

「來，先左腳，再右腳。」莎莎還是要討厭學習書裡小包爺爺做復健。

可是討厭沒辦法控制自己的腳，總會摔個「七葷

八素」的，莎莎又要生氣了，「討厭，你笨呢，連走路都走不好。」

嗄？怪我走路走不好？如果不是妳讓我玩這個，我怎麼會走不好？討厭心裡這個想法牠是不會告訴莎莎的，因為牠喜歡莎莎，只要能讓莎莎高興的牠都願意，莎莎叫牠做什麼牠也都不會拒絕。

除非莎莎不要牠了。

當莎莎沒辦法指揮四隻腳的討厭學兩隻腳的小包

爺爺，很快就無趣了。

「討厭，你真是討厭。算了，你不要當爺爺好了。」

「唔唔……」

「討厭，你真討厭呢，不當爺爺就那麼高興！」

討厭一高興起來就是繞著人轉圈圈。嘿嘿，妳才知道啊，我只想當妳的好朋友，才不要當什麼小包的爺爺咧！

終於解脫學走路的惡夢，討厭當然「樂不可支」囉！

俗話說「好景不常」，下回莎莎他們一家人再來玩的時候，她又換成帶來另外一本書。

「討厭，你有沒有乖？」要先確定有乖才能給賞。

討厭直點頭，為了聽莎莎說故事，就算這段時間有惹主人生氣，這時也要撒個善意的小謊。

「好，有乖，就有賞，來聽故事吧！」

討厭嗅嗅莎莎手上那本書，是一本狗的故事，因為討厭看到了封面上有小狗的圖片。

莎莎坐下，討厭也跟著趴在莎莎身邊，故事開始了，莎莎說「小狗出生了。」

莎莎一說，討厭馬上站起來四處嗅嗅四處看看。

「討厭，沒有小狗出生，是在這裡啦！」莎莎把

手上的書拿起來拍給討厭看，討厭馬上明白，原來莎莎說的是故事裡有小狗出生了。

呃，自己怎麼那麼笨咧？前腳撓撓耳朵後，討厭又趴下來準備聽故事。

這個故事不怎麼吸引討厭，講的都是和牠一樣的狗，沒什麼新鮮感，討厭聽著聽著眼皮越來越重就快睡著了。突然間，莎莎直搖牠的身體，「討厭，討厭，你生這隻小狗和我玩，好不好？」

什麼？我有沒有聽錯？這下子討厭睡意全消，立刻站了起來，還站得直挺挺，牠想要告訴莎莎她一個小女孩和牠一隻「大」狗談這件事怪難為情的。

「討厭，你生這隻小狗和我玩，好不好？」

討厭的頭只甩了一下，莎莎馬上翻臉，「你不生小狗和我玩，我就不跟你好了！」

莎莎把書合起來，站起身準備離開討厭，她不講故事給討厭聽了。討厭忙著想辦法要讓莎莎明白，牠不是這個意思，但是莎莎完全不給牠機會，她蹦蹦蹦的上樓去找哥哥們玩了。

被誤解的時候

「討厭，討厭……」

好不容易這天出了大太陽，吃過午飯討厭在後院裡仰躺著做日光浴，曬得整個身子暖烘烘舒服的很，兩眼瞇著就要進入夢鄉，夢裡好像有一根超級大的肉骨頭正等著牠呢！阿銓媽媽的喊聲什麼時候不發出來，偏偏就選在這個肉骨頭到嘴正要享受的時候。

「嗚……」討厭挺起上半身，一顆頭四方搖晃一圈，不想理會阿銓媽媽，就要再趴下地面，也許再閉上眼，夢裡那塊肉骨頭還在。

可是好事多磨，這時耳邊換成傳來阿銓氣急敗壞的叫聲：「討厭，你別躲起來，出來，我知道討厭就是你。」

就是我？討厭就是我沒錯。

可是我又怎樣了？阿銓要氣吼吼的叫我？討厭懶洋洋的站起來，右腳才跨上前要聽聽看到底發生什麼事了，阿銓媽媽和阿銓就先後出現在牠的眼前。

呃？不太對呢，阿銓和他媽媽都氣沖沖的，是發生了什麼事嗎？討厭目不轉睛的看著阿銓和阿銓媽媽。

「討厭，你說，是不是你？」阿銓媽媽這樣問，叫討厭怎麼回答呢？

「討厭，就是你，對不對？」阿銓這樣說，叫討厭百口莫辯了。

到底為了什麼事，他們母子這麼生氣？我又到底做了什麼事惹到他們母子？討厭也想弄個清楚，牠再向前走兩步，甩甩耳朵吐吐舌頭喘喘氣，準備聽個明白。

「媽，妳看，就是討厭沒錯，牠吐舌頭。」

天哪！討厭快昏了，牠吐舌頭是牠們狗兒的本能，牠可不是作賊心虛才吐舌頭，阿銓這樣說是誣賴牠，牠不依。

「汪汪。」再凝視阿銓一下。

「討厭，你還叫？還看？」阿銓也回看討厭，不過阿銓的瞇瞇眼沒討厭銅鈴眼睛大，他是看不贏討厭，才看討厭一眼，阿銓就把眼光移開。

「汪汪、汪汪。」有本事大家來對看個夠，你就知道我有沒有做壞事，你們不是說從眼神可以看出「一個人」有沒有做壞事。

討厭在阿銓腳邊磨蹭，要阿銓再看牠一眼，牠希望阿銓能看出牠眼睛是清澈無濁的。

「討厭，不要叫，如果是你做的就勇敢承認。」

阿銓媽媽瞪了討厭一眼。

我做了什麼呀？叫我承認什麼呢？我怎麼可以莫名其妙把一些不是我做的事都擔在肩頭？我媽媽說過我們雖然是狗，可是也要有骨氣，做一隻「狗」也要抬頭挺胸，對得起天地，讓「人」看得起。

不行，我一定要「澄清」，討厭這麼想著，於是牠又「汪汪」了兩聲。

「討厭，你真糟糕呢，做錯事要勇於認錯，人家我們老師有教過『知錯能改，善莫大焉』，你媽媽沒教你嗎？」阿銓想起前天老師剛教過的一段話。

「對，討厭，是你做的你就承認，如果不是你做的，你也要說啊！」阿銓媽媽這樣說。

太太，我汪汪的叫聲就是在告訴你們，我沒做什麼壞事，我只是在這裡做日光浴，你們都沒聽進去，我也沒辦法。

討厭頭仰得夠瘦的了，抽個空垂下來休息一下，沒想到這也能被阿銓逮去做文章。唉，還真是「牽一髮動全身」呢！

「媽，你看，討厭默認了。」

「呃？」

「妳看，討厭低頭認罪了。」

啥？我是脖子瘦，我低一下頭也有錯嗎？不行，怎麼能讓阿銓這樣誤解，再瘦也得挺起來，討厭又仰起頭再盯著阿銓母子，就算看成鬥雞眼也得要「打落門牙和血吞」，「一隻狗」的清白最重要了。

發生什麼事也不說清楚，就一口咬定是我做的，我怎麼會心服呢？討厭再在阿銓腿邊唔唔兩聲，阿銓總算把話說開來了。

「討厭，那是我的數學甲本，我要寫回家功課，你趕快拿出來啦！」

喔，原來是數學課本，我又沒拿，要怎麼拿出

來？會不會是你自己隨便亂丟？再去找找嘛！連這麼簡單的事都不知道，還要我這隻狗來教你？討厭看看阿銓又推推阿銓。

阿銓一家只有四口人，阿銓很清楚爸媽和哥哥絕對不會去動他的東西，不見的只是一本數學課本，所以絕不會是小偷上門，這樣推論下來，嫌疑最大的就是討厭了。偏偏討厭一副「莫宰羊」的樣子，這教找不到課本的阿銓火氣更大了。

「討厭，你以為莎莎說過幾個故事給你聽，你就認得國字了啊？告訴你，你沒那麼聰明的。」損了討厭之後還是不忘要討回他的課本，「去拿出來，我的課本。」阿銓還動手推討厭。

討厭被推了之後身體震了一下，但牠沒做出下一個動作，牠仍然站在原地。雖然牠對於阿銓母子的指控很不服氣，但是牠知道此時此刻牠不能離開，牠要是走了，不就會被安上一個「畏罪潛逃」的罪名，到

時候就是「跳到黃河也洗不清」了。

不行，討厭告訴自己一定要沉得住氣，就和阿銓母子在這裡耗，總會有「真相大白」的時候。

就在這時屋子裡頭傳來阿銓爸爸的聲音「阿銓，你的課本在這裡。」

「我的課本？在哪裡？」阿銓彷彿得救似的臉上立刻展現出笑容。

阿銓興奮的要進屋去，不過爸爸已經拿著阿銓的數學甲本到後院來了，後面還跟著午餐後進阿銓房間午睡的莎莎。

「我就說討厭不會拿你的課本，你們就不信？」

阿銓爸爸順手摸摸討厭的頭，討厭露出有種被信任的喜悅。還是阿銓爸爸「英明」，能夠明察秋毫，我們狗兒是看不懂「人書」的，我哪會去拿阿銓的書來看，而且還是數學，我「智商」有那麼高，會做小學四年級的數學？那我不就可以上電視去表演了？

不過被當成「天才狗」好像也還不錯嘛！

可是那也要是「正大光明」學會算術，不能是「偷看」人家的課本唷。

「不是討厭拿去的？我不信。」阿銓還是一口咬定他的數學課本不見了是討厭的傑作，沒注意到爸爸身後慧黠笑著的莎莎。

天哪！老爺！冤枉啊！

討厭繞著阿銓爸爸腳邊轉了幾圈，阿銓爸爸再摸摸牠的頭，「討厭，我知道，不是你，我知道。」

唉！真感恩哪！這個家總算還有一個「人」相信我的清白。討厭感激的嗅嗅阿銓爸爸的腳。接著牠又去嗅阿銓媽媽的腳，當然也不忘舔舔牠的「好友」莎莎，討厭需要更多「人」支持牠，為牠說話，替牠掛保證。

「哎呀，好了啦，討厭，不要再舔了，我相信你就是了。」

「討厭，你好好玩喔！」

討厭一聽莎莎這樣說，又一次搖起尾巴，難掩興奮。

耶，我贏了，太太站在我這邊了，莎莎也讚美我。我就說嘛，我長得「狗模狗樣」，既不是素行不良，也沒有作奸犯科的樣子，這麼「斯文」的狗，怎會去做那種「偷雞摸狗」的勾當？那種見不得「人」的事，我才不屑做呢！

「不是討厭，那會是誰？」阿銓對討厭還是懷疑。

「是莎莎。」

「嘻嘻……」

「莎莎？」阿銓媽媽和阿銓一齊發出疑問，也一齊看向莎莎，但是他們又都不認為拿走阿銓數學課本的人會是莎莎，「怎麼可能？」

對，怎麼可能？討厭也愣著頭看一直在「偷笑」

的莎莎。

莎莎才三歲多一點點，才剛剛會把討厭叫得清楚，雖然她比討厭還好，已經認了一些字，可是她應該還看不懂小學四年級的課本，而且還是數學吧！說真的這個事情連討厭也不相信，更何況莎莎是個甜美可愛的小女生，她才不會去做那種「宵小」會做的事。

「怎麼不可能？莎莎現在對什麼事都有興趣，看到每一種新奇的東西她都喜歡，而且小阿姨從小就拿著故事書念給莎莎聽，她養成喜歡『看』書的習慣，看到書她就想拿來看啊！」

經阿銓爸爸這麼一解釋，在場所有的「人」，包括討厭都頻頻點頭同意。

「嘻嘻……」

「莎莎，這個書是妳拿的嗎？」阿銓晃了晃他手上的課本。

「嗯嗯……」莎莎坦白承認。

「莎莎，妳喜歡看書很好，但是不可以隨便拿哥哥的書喔！」阿銓媽媽叮嚀莎莎。

「嗯嗯。」莎莎點點頭，討厭也跟著點頭。

沒錯，莎莎真是一個喜歡看書的小孩。討厭一邊點頭一邊就想起，莎莎每次說故事給牠聽，手上都還會拿一本繪本故事書呢！

討厭記得莎莎第一次跟牠說的故事是「小惠買

東西」，可是當時牠看著莎莎手上那本書好像沒有商店，也沒有買東西的人，不過好像有跟牠同類的小狗。

呵呵，想起來了，那次莎莎說的故事和她拿的書根本不同一個。討厭想起那一次莎莎媽媽走到莎莎和牠的身邊，笑瞇瞇的跟莎莎說：「莎莎講故事給討厭聽喔？」

「嗯。」

「莎莎說什麼故事？」

「小惠買東西。」莎莎還把書往前推給莎莎媽媽看。

「咦？」莎莎媽媽愣了一下，「莎莎在說『第一次上街買東西』給討厭聽，是不是？」

「嗯。」討厭記得莎莎點頭時，牠也跟著點頭。

「不過這本書是『今天是什麼日子』喔！」莎莎媽媽把莎莎拿顛倒的書重新放正，點著封面上的字一個字一個字念出來。

「喔喔喔，『今天是什麼日子』，討厭，念一遍『今、天、是、什、麼、日、子』。」

莎莎媽媽只是把書名念給莎莎聽，都沒要她跟著念，為什麼莎莎就要「人家」跟著她念？討厭歪著頭想不通。

莎莎等著討厭跟著念一遍，可是討厭真的不知道「今天是什麼日子」？牠抬頭看看天空，有太陽，沒下雨，是好天氣。

要怎麼告訴莎莎咧？討厭知道牠是「狗」，莎莎是「人」，問題是莎莎聽得懂「狗話」嗎？

討厭在莎莎旁邊鑽一鑽「唔唔」了兩聲，算是有回答了，不過莎莎顯然是不滿意討厭的這個答案，她用力拍了討厭的頭，「討厭，笨笨，今天是爸爸媽媽結婚紀念日啦！」

「哈哈……」莎莎媽媽忍不住笑了，「莎莎，那是書裡面巧兒的爸爸媽媽結婚十周年紀念日，不是妳的爸爸媽媽喔。」

「？？」莎莎好像不太懂，不過討厭倒是聽懂了，牠也跟著莎莎媽媽「嘿嘿」笑著。

「討厭，你『嘿』什麼？」莎莎又拍了討厭一下。

「莎莎，不可以欺負討厭，討厭那麼喜歡妳，都聽妳說故事，妳要愛護討厭，知道嗎？」莎莎媽媽幫討厭向莎莎求情。

「喔——」半晌莎莎又說了，「可是我叫討厭念這個，牠都不念，討厭不乖。」莎莎還比了比那本書的書名，討厭知道莎莎生牠的氣，她氣牠沒跟著念「今天是什麼日子」，可是牠真的不會「說人話」啊！該怎麼讓莎莎明白呢？

討厭還在傷這種腦筋，莎莎媽媽就一語道破了。

「莎莎，討厭是狗狗，狗狗只會『汪汪汪』，狗狗不會念書的。」

莎莎聽了媽媽說的話，低頭看看窩在她身邊的討厭，然後臉上現出恍然大悟的神情。

「哦——原來討厭是狗狗，所以不會念書。」

欸？莎莎這話有點……問題喔！討厭站起來，很認真的看著莎莎，牠希望莎莎再仔細把牠看清楚，牠本來就是一條狗，難道她一直都把牠當成「人」？

我要是會念書，那就會成為「聞名中外」的「明星」狗了。這樣也不錯喔，討厭因為這個白日夢而興奮起來，開始圍著莎莎和莎莎媽媽繞圈圈。

「討厭，不要繞了，不然不跟你好喔！」

討厭最怕莎莎生氣了，莎莎生氣起來真的會不理牠，牠不要這樣，牠寧願莎莎喜歡牠，也不要成為「聞名中外」的「明星」狗。

我不要聞名中外

是阿銓爸爸的話把討厭從回憶往事中拉回現實。

「所以不是討厭拿的，討厭還沒那麼聰明，討厭如果真的看得懂你這個小學四年級的數學，那牠早就『聞名中外』了！」

聞名中外？不必，不必，我只要莎莎喜歡我就好了。討厭皺了皺鼻子，表示自己的心聲，可惜阿銓家三個人都沒人看得懂，不過莎莎就明白了，她捏捏討厭的鼻子說，「人家討厭很聰明的！」

阿銓拿回自己的數學課本，失而復得的喜悅就在臉上，但也才片刻工夫，就在阿銓翻開他的課本時，悽慘的叫聲隨即發出來。

「唉唷，怎麼把我的課本畫成這樣？」

「畫成怎樣？」阿銓媽媽把頭湊過去看，順便也下了個結論，「呵呵……這個正好證明課本是莎莎拿去的，不然討厭哪會畫畫啊？」阿銓媽媽垂下眼看了討厭一眼，再順了順牠頸子上的毛，好像在彌補她剛剛的錯怪討厭。而阿銓媽媽也看了看一旁的莎莎，就要張開的嘴巴停了停又閉了起來，她只是揉揉莎莎的頭髮。

這一切討厭都看在眼裡，牠想一定是莎莎畫得太可愛了，所以剛剛阿銓爸爸拿著課本來是笑瞇瞇，現在阿銓媽媽也沒責備莎莎。

到底畫成怎樣？我也想看看，討厭舉起兩隻前腳學著人站立姿勢，想湊上前去。

「哎呀，討厭，你幹什麼？」

「你又看不懂數學。」

討厭訕訕的放下前腿，「唔唔」了兩聲，可是阿銓爸媽真是不明白牠的意思。其實討厭是在說，牠又不是要看四年級的數學內容，牠是想看看阿銓的課本被莎莎畫成怎樣了？牠只是想看看莎莎的「傑作」。

最後跟來的莎莎媽媽也看見了莎莎的「畫作」，她覺得有必要懲罰莎莎。

「莎莎，怎麼可以亂畫哥哥的書？跟哥哥說對不起。」

「哥哥，對不起。」莎莎還畢恭畢敬的鞠躬。

「呃……好啦，沒關係啦。」阿銓原諒得不情不願，因為他還是在生氣。

不過這下子「真相大白」，終於還討厭一個清白，可是阿銓還在因為課本被畫而不開心，嘟著嘴就進屋裡去，也沒跟討厭說聲「對不起」。討厭努努嘴，這個小孩沒禮貌！

「討厭剛剛被誤會了喔，沒關係的，你啊，『真金不怕火煉』，而且『事實勝於雄辯』，呵呵……」

阿銓爸爸真是好，又不是他誤會我，真感激他，討厭想著就又上前去舔一舔阿銓爸爸的褲管。

「好好，討厭，乖、乖。」

「討厭，還好你安份守己。」阿銓媽媽說著也跟著阿銓爸爸進屋去了。

安份守己算是讚美我嗎？討厭慢慢趴下地，再將臉橫放地上躺好，慢慢想著，我在我該在的地方不亂跑不亂跳不做不該做的事，遵循我媽教我的「三不原則」，這樣就是安份守己了吧？那莎莎亂畫阿銓的課本，就不是安份守己囉？

是嗎？不是吧！

莎莎那麼可愛的小女孩，她也會安份守己的啦！

後來阿銓他們都進去屋裡，莎莎媽媽罰莎莎「面壁思過」，她也真的乖乖去站在牆壁前面啊。

「莎莎，妳不乖喔，亂拿哥哥的課本，還有亂畫哥哥的課本，媽媽要處罰妳喔！」莎莎媽媽拉著莎莎一隻小手，討厭以為莎莎媽媽要打莎莎手心，牠不忍心看，牠把頭扭到一邊不看莎莎。可是討厭沒聽拍打手心的聲音，而是聽見了以下的對話。

「媽媽要處罰妳喔！」莎莎像九官鳥跟著複誦一遍。

「罰什麼？」莎莎媽媽問。

「罰站。」莎莎快速回答，然後就自動站到院子的一堵牆前面。

討厭回頭定定看著莎莎，這個從一生下來，討厭就認識她的小女孩，是討厭非常喜歡的小女孩，就這樣發展出像是認識很久的朋友關係。現在「朋友有難」，牠怎麼能夠眼睜睜的看著「朋友」獨自承受？牠是莎莎的好朋友，理所當然要替朋友「分憂解勞」。

討厭慢慢從地上站起來，靜悄悄的走到莎莎身邊，跟著看向牆壁站著。

「討厭，你做什麼？」莎莎媽媽問。

討厭只是尾巴晃一下，牠是說「妳沒看見這是『面壁思過』嗎？還問？」

「你也想陪莎莎罰站啊？」

耶，賓果，莎莎媽媽好聰明喔！

「真神經！」莎莎嘟嚷了一句，媽媽也正下了解除令，「好了，兩個都不必站了，不過，莎莎，下此不可以再拿哥哥的課本去亂畫，知道嗎？」

「知道。」

不要討厭我嘛！

莎莎一家人到阿銓哥哥家玩，有的時候莎莎只想和「人」玩，每當這種時候，只要討厭靠近莎莎嗅著她的小鞋，莎莎就會說：「討厭，走開。」

討厭失望極了，莎莎怎麼不喜歡牠了？牠是她的朋友呢！阿銓媽媽以前不是說，莎莎是妹妹，要照顧她。現在莎莎怎麼不讓我照顧她了呢？

討厭很無趣的垂著頭，慢慢俯趴下來，無精打彩的樣子。莎莎看到討厭懶洋洋的，就覺得這隻狗這樣

沒精神不行。

「討厭，怎麼可以沒精神，起來。」

呃？是莎莎要和我玩了嗎？

討厭一骨碌的跳起來，撞到了莎莎的下巴，莎莎跺了一下腳，罵了一句，「討厭，你真討厭呢！」

是啦，是我不好，我真討厭，跳得太用力了，對不起喔！討厭蹬來蹬去的，好像很著急，也像要做些補救，諸如呼呼莎莎，但是牠是一隻狗，牠做不來，莎莎也不明白牠前蹬後蹬的是要做什麼。

「好了，走厭，走開。」

只要是莎莎說的，討厭都聽，連這樣趕牠走，牠雖然失落但也「甘之如飴」。

有時候，討厭也會故意把莎莎說的「討厭，走開。」當成是要和牠玩的術語。牠就慢慢靠過去，牠想，我斯文一點，莎莎就會和我一起玩了。

可是，牠都還沒嗅到莎莎紅紅小皮鞋，莎莎就扯

開喉嚨大叫：「媽——媽——討厭啦！」

只要莎莎一喊叫，討厭就停止再往前靠進。牠看莎莎那樣子就知道，莎莎不想和牠玩，那牠就不能強迫莎莎了。

還是趁著大人還沒開罵趕快溜吧！

有一次，阿銓大伯家的堂姊逗著三歲的莎莎玩，堂姊老是喜歡從莎莎身後突然冒出來，再「ㄏㄨㄚˋ」

一聲的嚇她。一次兩次好玩，太多次以後，莎莎也就沒興趣了。可是堂姊還是不停的嚇她，莎莎一生氣，說了一句「討厭！」

本來懶洋洋仆倒在一旁的討厭一聽，以為莎莎是在喊牠，高興得立刻縱身一躍的跳起來，飛也似的衝到莎莎身旁，不停的繞圈子。

「唔唔……」

幾個人都被討厭突如其來的動作嚇住了，堂姊在

這時又做了那個「ㄏㄨㄚˋ」一聲的動作。

「討厭啦！」

這次討厭明白了，莎莎是要牠對付那個討厭的堂姊，而且牠也來了，當然就要好好保護莎莎了，牠不能讓堂姊再「ㄏㄨㄚˋ」莎莎。於是討厭對著堂姊「汪汪」吠了幾聲。

堂姊看到討厭吠她，心裡真是生氣，她開口大罵：「討厭，你發神經啊！我咧！我是誰，你忘記了啊？」

堂姊一直罵，討厭也一直汪汪叫個不停，莎莎在一旁看傻了，嚇呆了，她開始哇哇大哭了起來。

莎莎突然哭個不停，堂姊只好住了口，堂姊一停止罵「狗」，討厭也不吠了，不過屋裡的大人也都出來了。

阿銓媽媽和莎莎媽媽不約而同問道：「怎麼了？」

堂姊還沒開口，而討厭是還在咧著嘴大口喘氣，只有莎莎抽抽噎噎的說了「討厭啦！」

「討厭，又是你！」阿銓媽媽發怒的數落討厭。

「討厭，你喔，真是討厭呢！」莎莎媽媽這樣說。

然後，堂姊笑瞇瞇的蹦跳著回家去，大人牽著莎莎，「砰」一聲，進了屋裡去，留下回不過神的討厭在屋外。

討厭感到莫名其妙，怎麼變成這樣？剛剛莎莎有喊我呀！我是去幫她的忙，去救她的呀，奇怪了？

莎莎一家人還是會來阿銓家，但是莎莎好像不怎麼喜歡討厭了。有時候，討厭悄悄靠近單獨一個人在門前邊唱邊跳的莎莎身旁，仰著頭看她唱得快樂，跳得高興。討厭也想和莎莎一起玩，牠用嘴巴去觸碰莎莎的蕾絲裙襬，莎莎低頭一看，嚇了一跳，她摀著胸口罵了討厭一句：「討厭，你真討厭呢！嚇人家一跳。」說完頭也不回的，扭著身體就進屋裡去了。

討厭好難過唷！莎莎雖然一天天長大，卻好像越來越不喜歡和牠玩。有的時候討厭才走過去，莎莎就用手推牠，叫牠走開。有的時候，討厭才剛剛從地上站立起來，莎莎就出聲音：「討厭，你不要過來喔！」

討厭真想大聲對莎莎說：「不要討厭我嘛！」

兒童文學11　PG1174

不要討厭我嘛！

作者／王力芹
責任編輯／林千惠
圖文排版／張慧雯
封面設計／陳怡捷
出版策劃／秀威少年
製作發行／秀威資訊科技股份有限公司
114 台北市內湖區瑞光路76巷65號1樓
電話：+886-2-2796-3638
傳真：+886-2-2796-1377
服務信箱：service@showwe.com.tw
http://www.showwe.com.tw

郵政劃撥／19563868
戶名：秀威資訊科技股份有限公司
展售門市／國家書店【松江門市】
104 台北市中山區松江路209號1樓
電話：+886-2-2518-0207
傳真：+886-2-2518-0778

網路訂購／秀威網路書店：http://www.bodbooks.com.tw
國家網路書店：http://www.govbooks.com.tw
法律顧問／毛國樑　律師

總經銷／聯寶國際文化事業有限公司
221新北市汐止區康寧街169巷27號8樓
電話：+886-2-2695-4083
傳真：+886-2-2695-4087

出版日期／2014年9月　BOD一版　**定價**／220元
ISBN／978-986-5731-04-5

秀威少年
SHOWWE YOUNG

國家圖書館出版品預行編目

不要討厭我嘛! / 王力芹著. -- 一版. -- 臺北市 : 秀威少
年, 2014. 09
面； 公分
ISBN 978-986-5731-04-5 (平裝)

859.6 103009191

讀者回函卡

感謝您購買本書，為提升服務品質，請填妥以下資料，將讀者回函卡直接寄回或傳真本公司，收到您的寶貴意見後，我們會收藏記錄及檢討，謝謝！
如您需要了解本公司最新出版書目、購書優惠或企劃活動，歡迎您上網查詢或下載相關資料：http:// www.showwe.com.tw

您購買的書名：______________________________

出生日期：________年________月________日

學歷：□高中（含）以下　□大專　□研究所（含）以上

職業：□製造業　□金融業　□資訊業　□軍警　□傳播業　□自由業
　　　□服務業　□公務員　□教職　□學生　□家管　□其它_____

購書地點：□網路書店　□實體書店　□書展　□郵購　□贈閱　□其他

您從何得知本書的消息？
　□網路書店　□實體書店　□網路搜尋　□電子報　□書訊　□雜誌
　□傳播媒體　□親友推薦　□網站推薦　□部落格　□其他__________

您對本書的評價：（請填代號　1.非常滿意　2.滿意　3.尚可　4.再改進）
　封面設計____　版面編排____　內容____　文／譯筆____　價格____

讀完書後您覺得：
　□很有收穫　□有收穫　□收穫不多　□沒收穫

對我們的建議：______________________________

____

____

____

請貼
郵票

11466
台北市內湖區瑞光路 76 巷 65 號 1 樓

秀威資訊科技股份有限公司 收

BOD 數位出版事業部

....

（請沿線對折寄回，謝謝！）

姓　名：________________　年齡：________　性別：□女　□男

郵遞區號：□□□□□

地　址：________________________________

聯絡電話：(日) ________________ (夜) ________________

E-mail：________________________________